Verliebt in mehr als dein Gesicht

1

n Anzai

Verliebt in mehr als dein Gesicht

1

Inhalt

#Volldreamy

#zuschöneGesicht

#MitschülerimUnterricht

#WillzurselbenSchule

#Siehmal

#Echtjetzt??????

#NeidischaufSchülerderMiwa

Verliebt in mehr als dein Gesicht

Verliebt
in mehr als dein
Gesicht

#IchliebeGesichter #vol.1

Vorwort

Guten Tag, es freut mich sehr.
Ich bin Karin Anzai.

Vielen Dank, dass du zu *Verliebt in mehr als dein Gesicht* gegriffen hast!!

Dies ist nun mein drittes Comic-Werk. Dabei handelte es sich beim ersten Werk (vor allem) um eine Familiengeschichte und beim zweiten Werk (vor allem) um eine Geschichte über Freunde.

Daher werde ich nun endlich eine Liebesgeschichte zeichnen.

Ich wünsche dir viel Spaß!

Diese Person, die sich der Kamera zuwendet ...
Sein Gesicht ...
... ist so schön ...

miwa_soh 1 Std.
Hach!!
Sein Gesicht ...
... ist so schöön!!
Pock
Der offizielle Account der Miwa.
153 Abonnenten
Abonnier
31 Beiträge
Minowa-Schule
Nur selten werden hier Storys gepostet.
Aber dann sind die Gerüchte wirklich wahr?!
Haaaaaach
Die Fotos von Kanato sind viel zu selten!
Danke für den Beitrag.
Tipp
Tipp
Tipp
21:48
Bin in der 10. Klasse! Drücke dem Community Manager ganz fest die Daumen.
Ich gebe es ganz ohne Angst vor Missverständnissen zu:
Z
U
H
J

Ich liebe schöne, gepflegte Gesichter.
むふ
Kicher
Wenn man im Meer der sozialen Netzwerke schwimmt ...
Hübsch ...
Süß!
Cool!!
... kann man auf unendlich viele ...
... unschätzbar wertvolle Kostbarkeiten stoßen.
»My routine« Videos in Endlosschleife.
Haaach!
Ich bin voller Energie!!
Pling

Bin in der 10. Klasse!
Drücke dem Community
Manager ga
Daumen.
?
Ah
Nachricht senden
Was ist das?
...?
Eine Antwort vom offiziellen Schul-Account?
Ah
Sieht man das hi
hricht send
??
Ähm ...
Andere Menschen können das hier nicht sehen.
Ist doch 'ne PN.
Tipp Tipp Tipp
Was ist 'ne PN?
Plopp
Eine private Nachricht zwischen zwei Personen.
Tipp Tipp Tipp
Plopp
Ach so.
Der verantwortliche Community Manager?
Vielleicht ein neuer?
Der antwortet aber langsam.

Soll ich dir die Funktionsweise erklären, falls du dich damit noch nicht auskennst?

Hab's die ganze Nacht erklärt.
Schlaf-entzug!
In so 'nem Moment ist dieser …
… steile Hang noch schlechter zu ertragen.
Shit …
Zück
Wisch
Energie-spritze!
Flenn

Die Minowa-Schule
Spurt
Mit Credit-point-System.
Ohne Schul-uni-form.
Elemente der Freiheit, die beliebt sein müssten, doch ...
Kursanmeldungsliste
Mo.
Di.
Mi.
1. Stunde
Japanisch
Französisch 1
2. Stunde
Biologie 1
Mathematik 1
Die Miwa?!
Diskutier
Nervt das Punkte-system nicht?
'ne süße Uniform gibt's auch nicht.
Diskutier
Und auch keine span-nenden Klubs.
Die Lage ist auch mies.
Und das Lernniveau ist auch mehr als durch-schnittlich.
Schul-übersicht
Prüfungsphase in der 9. Klasse
... aus irgend-einem Grund haben sie den gegenteiligen Effekt.
Ich mag sie jedenfalls.
Die Gerüchte über diese unbeliebte Schule.

Kanato Ugo.
Er ist zwar kein Star, sondern nur ein ganz normaler Schüler.
Aber mit diesem Gesicht …
Front
… war er schon Frisurenmodell …
… auf Street-Style-Fotos einer Zeitschrift …
… und, und, und.
Jedes einzelne Foto, das zufällig von ihm aufgenommen wurde …
… wird entdeckt …
… geteilt …
… und geht viral.
130k
60k
57k
32k
Er ist ein inoffizieller Influencer!

Er selbst nutzt kein einziges soziales Netzwerk.
Das Angebot ist einfach zu knapp!
Es heißt, dass dieser Typ ...
... in der 11. Klasse auf der Miwa ist.
Ich glaube dieses Gerücht schon lange.
Auch wenn ich ihn bisher noch nie gesehen habe ...
... möchte ich ihm gerne eines Tages begegnen.
Oo

Oh ...!
Hm?
Da, vor meinem Spind ...
Starr
20201001
Sana Chiken
Sana Chiken.
Das ist mein Name.

sana_L_face ...
Das ...
... ist mein Account-Name.
Warst du das gestern im offiziellen Schul-Account?

Mit-
kommen.
Pack
Was?
Oder
besser
...
In echt
...
...
ist der
ja noch
großartiger!

Diese Haut …
Was Pfirsichhaut heißt? Das ist die Königsklasse des Glanzes.
Diese Wimpern …
Er ist mit einem herausragenden Wimpernkranz beschenkt.
Diese Züge …
Die Götter waren ihm bis hin zu den Knochen wohlgesonnen.
Knips

Man fotografiert nicht einfach das Gesicht anderer Leute.
D...
Du bist echt ...???
Nun gut ...
Wenn dieses Foto benutzt wird ...
Hä?!
... dann aber als Beitrag im offiziellen Account.
Offizieller ...
... Account?
は
Hä?
Von ihm ...?

Wir werden also nicht mehr nur wie bisher Fotos mit unscharfem Fokus, die von anderen gemacht wurden …
… sondern Selfies mit Nahaufnahmen deines Gesichts sehen können?!
Gn
Ich danke dir!!
Was meinst du damit?
Ich liebe dich!
Also dein Gesicht!!
Ah …
Mein Gesicht.

Ich bin einfach ein riesiger Fan von dir, Kanato!
Ich freu mich schon mega auf das Update!!
Na ja.
Deswegen:
Wirst du meine Account-Managerin.

Hab schon gemerkt, dass du mir nur ins Gesicht gestarrt, aber nicht zugehört hast.
Hm?!
Um es noch mal grob zusammenzufassen:
Letztes Jahr habe ich zu oft geschwänzt und **wiederhole** das Jahr.
Auch dieses Jahr bin ich noch in keinem einzigen Kurs gewesen.
Wenn das so bleibt, werde ich der Schule **verwiesen.**
Bitte was?
Du ...
... bist doch im Internet berühmt, richtig?

In den letzten Jahren hat sich unsere Schule sehr um die Anwerbung von Schülern bemüht.
Denn wir stehen einer andauernden Krise gegenüber.
Wenn du als Influ... encer in unserer Werbung mitarbeitest, ziehe ich den Schulverweis zurück.
Wenn du es schaffst, den offiziellen Miwa-Account ...
Direktor
... auf 100.000 Follower zu bringen ...
... und wir dadurch wieder mehr Schüler zu verzeichnen haben.
Meintest du dann eben mit »offizieller Account« den offiziellen der Schule?
Jup.
100.000 ... auf einem Schul-Account ...?
Daher suche ich schon mal einen Ersatzmanager.
Ich bin ein totaler Technik-Noob und hab echt gar keinen Plan davon.
Äääähm ...

Ich hab zufällig was kommentiert und jetzt soll ich das managen?
Und wenn nicht, wird er rausgeschmissen?!
A... A... A... Aber ist das wirklich okay für dich?!
Er überlässt sein Schicksal so leicht jemand anderem?!
Wenn es dann wenigstens ein richtiger Verweis ist, ist es schon okay.
Bist du echt so unmotiviert?!
Ich muss ja nur den Schein wahren.
A... Ach ja ...?
Das heißt ...
... wenn du dann wirklich verwiesen wirst ...
... dann verliere ich also für immer die Möglichkeit, dein Gesicht zu betrachten?!
Wo ich dich endlich getroffen habe ...
Du versteckst es echt gar nicht, hm?

Also geht's dir auch nur ums Gesicht.
Man hat mir schon oft gesagt:
»Mit so einem Gesicht bist du sicher gut im Sport und sehr fleißig, nicht wahr?«
Meiner Meinung nach lebe ich ein normales Leben ...
... und trotzdem werden durch mein Äußeres Erwartungen geweckt, die dann enttäuscht werden.

Der Satz, den ich am häufigsten zu hören kriege, ist:
»Du bist nicht mehr als ein Gesicht.«
Das ging mir auf den Geist ...
... also bin ich nicht mehr zur Schule gegangen. So sieht's aus.
Lach ruhig.
Aber kannst du da trotzdem sagen, dass du mich magst?

Flenn
Echt ...?!
Echt?
E...
Entschuldigung. Ich bin ... etwas ergriffen ...
Seufz
Seufz
Hab gar nicht auf mein Umfeld geachtet. Ich reiß mich jetzt zusammen.
Seufz
Seufz
Der Hammer.
Du legst echt nur Wert aufs Äußere.

Pass mal auf.
Ich bin ein Lebewesen.
Nicht nur 'ne Figur auf einem Bildschirm.

Verstehst du?
Was?
Nein ...
Also ...
Was?
Kipp
Was ...?

Pack
Rumms
E...
Ah ...

Ent-schuldi-gung!!
Zusch
Riskant …
riskant
riskant
riskant
riskant

Er war wirklich so richtig echt.
Aber so richtig realisiert hab ich es erst ...
... als die Wärme ...
... der Hand ...
... die mich berührte ...
Er war ...
... da ...
Er war echt.

Da war …
… nur dieser eine Junge.
Er war doch da, oder?
Oder hab ich ihn nur auf dem Bildschirm gesehen?
Das kann nicht sein …
Nein, er war echt.
Er hat das Passwort des offiziellen Accounts mit mir geteilt …
Das war ich ja nicht selbst …
Außerdem war auch noch das eben geschossene Foto da.
Dieses teuflisch schöne …

»Pass mal auf. Ich bin ein Lebe-wesen.«
»Verstehst du?«
Ist es ...
... echt okay, wenn ich für den Account schreibe?
Sicher hat er gar keine Lust mehr darauf.
Ich verstehe es jetzt.
Kanato♡
Doch dass ein so schönes Gesicht ...
... eine so chaoti-sche Kehrseite hat ...
... ist echt unfair!

Jetzt will ich ...
... ihn noch viel dringender ansehen!
Tapp
Tapp
Tapp
Kanato!
Tapp
Tapp
Tapp
Es tut mir wirklich sehr leid!
Swusch
ズザーッ
Du bist aber schnell wieder da.
Sind gerade mal 10 Minuten vergangen.
Hab mich schon gefragt, ob du gerade echt abgehauen bist, ohne an deine Tasche zu denken.
Wusste nicht, was ich machen soll.
Keuch
はぁ
Keuch
はぁ
Ähm ... Ich ...
... habe dich missverstanden.

Weil du immer das gleiche Gesicht machst ...
... dachte ich, dass du ein cooler Typ bist, der sich nicht aus der Ruhe bringen lässt.
Aber das war falsch.
Obwohl du ...
... richtig verstanden werden willst ...
... wird wegen deines Gesichts nicht auf deine Gefühle geachtet.
Deshalb schmollst du ...
... willst mehr Anerkennung ...
... und redest nerviges Zeug.
Sollte das nicht eine Entschuldigung werden?
Das heißt ...

Du bist sicher gar kein so chaotischer Mensch!
Ehrlich gesagt ...
... war ich total aufge-regt!

Sieh mal!
Ich hab probeweise eben einen Beitrag geschrieben.
Das war vor 10 Minuten.
Gefällt 3.286 Mal
Wenn es schon so viele sind ...
... können wir sie es doch gleich alle wissen lassen!
Und was wollen wir sie bitte wissen lassen?
Dass du nicht nur ein Gesicht bist.
Damit mach ich mich doch nur unbeliebt.
Machst du nicht!

Ha
Wieso bist du so verzweifelt?
Wenn ich dich jetzt nicht überzeuge …
… wirst du doch verschwinden, oder nicht?
Also lass mich meine Aufregung bitte nutzen!
…
Lass mich nachdenken …

Zeig mir ...
... das mal.
H... Hier!
Da sind auch einige Fotoanfragen reingekommen!
Wenn wir die erfüllen, können wir die 100.000 sicher bald schaffen!
Pling
Sie wollen dich zum Beispiel im Schulalltag sehen.

Mach ein Foto, wie du heimlich in der Schule Händchen hältst ♡
↑Voll dreamy ♡♡
Will zur selben Schule
Anfragen wie diese?
Bist du so ver-zweifelt?!
Das war ein Scherz, oder?! Das war doch ein Scherz?!
Grapsch
Du machst das Foto doch, oder nicht?!
Hä?! Also ...
Du willst doch ...
... dass sie deine Persönlich-keit ...
... kennen-lernen.

Hm?
Warum hab ich ...
... schon wieder dieses Gefühl?
Ja.
Aber du hast die Frage noch nicht beantwortet.
Ob du ...
... mich magst?

Dass du mein Gesicht magst, hab ich ja verstanden, aber ...
Zieh
Weiß er ...
... eigentlich ...
Stehst du mal auf?

... was er da tut?
Was meintest du mit auf- geregt?
Schlüpf
Dass du mich auch abgesehen von meinem Gesicht magst?
Zitter
Sag es mir. Was soll an mir toll sein?
Drück
Ich weiß es nämlich nicht.

Merk-
würdig.
Ich kann
ihn nicht
ansehen.

Ähm.
Vielleicht muss ich noch mal abhauen …
… und meine Gedanken sortieren.
Ah …
Nein.
Hau bitte nicht ab.

Schau mir ins Gesicht.

Sieh mal ...
... die Chance für ein gutes Foto.
Drück

カシャッ
Knips
...
Ge...
...

Tadaa
ば～ん
Geschafft!!
Das ist perfekt für das nächste Update!!!
Zuck
Konnte ein super Foto machen!
Du bist ja eigentlich ein inoffizieller Influencer!
Ich hatte die Idee, eine Story zu machen, um die Echtheit der Fotos beweisen zu können!!
Ent- schuldige bitte!!
Dachte nicht, dass sie echt eins macht.
War nicht seine Absicht.

War's das für heute?
Ähm.
Es hatten auch noch andere kommentiert.
Gestern Abend.
Ich hab alle gefragt, aber sie haben mich ignoriert.
Nur du hast mir alles erklärt.
Ich bin froh ...
... dass du auf der anderen Seite des Bildschirms warst.

Also noch mal danke.
Tapp
Tapp
Tapp
Sink
Uff …
Überwältigt
Mist, Mist, Mist!

Gefällt! Anderes
miwa_soh
Versteckt mit dir
#Miwa
#UnterderTreppe
#Händchenhalten
Ich liebe mehr als dein Gesicht!!!
Der offizielle Account der Miwa (also ich, die Managerin) ...
... wurde durch Mundpropaganda schnell bekannt.
Und innerhalb dieses einen Tages haben wir bei den Abonnenten die 30.000 geknackt.

#IchliebeGesichter #kurzeUnterbrechung

Verliebt in mehr als dein Gesicht

#IchliebeGesichter #vol.2

Schöne Gesichter …
… sind …
… eine »seelische Wohltat«!
Ich schaue sie mir vorm Schlafengehen an und lindere damit die Erschöpfung des Tages.
Sie sind die Energiequelle, die mir neue Lebenskraft für den nächsten Tag spendet.
Und für mich ist das beste Exemplar Kanato.

Doch …
Kursanmeldungsliste
Name: Sana Chiken
Montag
Kursanmeldungsliste
Name: Kanato Ugo
Montag
… obwohl er das ist …
Hey.

Wieso siehst du mich seit neulich nicht mehr an?
Hm? Was meinst du?
Seit wir uns heute getroffen haben, hast du mich nicht ein Mal angesehen.
Ähm ... Ist das so?
Viel wichtiger ist doch, dass wir an nur einem Tag auf 30.000 Abonnenten gekommen sind! Wie großartig!
Du bist sicher froh, dass du auf meinen Kommentar geantwortet hast, was?
Wenn wir weiter Fotos von Situationen machen, die sich die Schule wünscht ...
... wird nicht nur die Schule immer bekannter, sondern auch du. Also eine Win-win-Situation!
100.000, wir kommen!
Der Schulverweis wird abgewendet!
Starr

Lehn
たん…
Ich bin hergekommen, weil ich dein Gesicht sehen wollte.
Du mochtest doch mein Gesicht.

Echt mal!!
Dein Blick ist voll intense!
Du weißt doch, dass ich dein Gesicht liebe, und tust mir das an!
Keuch
Keuch
Keuch
Also ...
... das ist ja heftig.
Wenn auch sehr oberflächlich ...
Deshalb hab ich seit gestern schon unzählige Male versucht, mir die Fotos anzusehen. Doch ich schaff es immer nur zwei Sekunden und schmeiße dann mein Handy weg.
Willst du mich durch meinen inneren Zwiespalt, dass ich dich eigentlich ansehen will, töten, oder was?!
Dann kannst du auch keine Fotos machen?
Wenn du keine machen kannst, war es doch sinnlos, herzukommen.
G... Ganz genau!
Raschel
Raschel

Ich will ihn im Unterricht sehen
Tada
ばん
Ab jetzt geht es nur, wenn sich unser Blick nicht trifft!
Heute in der Dritten haben wir zusammen, da kann ich eins ...
Tut mir leid, aber ich geh nicht hin.
Ich hab zwar gesagt, dass ich Abonnenten sammle, aber nicht, dass ich auch im Unterricht erscheine.
Was?

キャッ Kicher
キャッ Kicher
Sieh mal, dort ist es ja wirklich!
Echt jetzt?
War es nicht diese Ecke?!
Ich bin so aufgeregt!
Wah!
ギャ Kreisch
きゃ Quietsch
きゃい Quietsch
Rumms ゴン……

W...
Wieso verstecken wir uns?
Wenn wir jetzt gesehen werden, wird so viel Aufhebens drum gemacht.
Aber ...
Diese Position ...
Außerdem musst du mir so nicht ins Gesicht sehen.

D...
Der lügt doch.
Vielleicht, weil er geschmollt hat?
Sieht aus, als ob er schmollend nicht gesehen werden will ...
... oder?
W...
Drück
Wie nervig ...

Kanato Ugo ist doch tatsächlich in die Schule gekommen!
はっ
Oh!
Ich will ihn unbedingt sehen!
Was er wohl für ein Typ ist?!
Vielleicht kann ich ihn näher kennenlernen!
Ah
Ich hab aber gehört, er sei total eingebildet!
Meinte einer aus der 12. Klasse.
Was?!
Da hilft ihm sein schönes Gesicht dann auch nicht.
Die Gutaussehenden sieht man sich eben besser nur aus der Ferne an.
Ist doch toll.
Die sind hergekommen, weil sie's im Account gesehen haben.

Patt
Warte.
Schon gut. Das bringt doch nichts.
Pock
Uwah!
Das bringt nichts?

»Wieso verstecken wir uns?«
»Wenn wir jetzt gesehen werden, wird so viel Aufhebens drum gemacht.«
Ist doch nur verständlich.
Sobald er in die Schule kommt …
… wird er nur auf diese Art gesehen.
Das ist …
… viel schlimmer, als ich …
… je gedacht hätte.
Lass uns langsam gehen.
Wo muss ich noch mal in der ersten Stunde hin?
Tapp
Tapp
Tapp

Zusch
Lufthol
Ihr habt ja gar keine Ahnung!!!
ihm
ihm
ihm
Das ist doch gera-de so toll an ihm!!!
ihm ... (Echo)

Ich sag ja nicht, dass du nicht eingebildet bist.
Eigentlich ist dein Ego wirklich sehr groß.
Aber! Genau deshalb!
Deshalb bereitet dir die Kluft zwischen dir und der Welt doch Sorgen!
Gnn
Da darf man doch auch mal die Schnauze voll davon haben, oder nicht?!
Wir müssen einfach mehr Abonnenten gewinnen ...
... und mehr Chancen schaffen, damit sie dich wirklich kennenlernen können!
Das motiviert mich nur noch mehr!
うおおおっ
Uwoooh!

Sag so was besser nicht.
Abgesehen von mir kauft dir das keiner ab. Also lass es lieber.
Schluck
Ähm ... E... Ent-schuldige.
Ding
Dong
Dang
Ah!
Der Unter-richt!
Ich hab zur ersten Stunde, daher gehe ich jetzt. Also vielleicht bis in der drit-ten ...
... aber kein Stress oder so ...
Ssst
Drück

Verbeug
Tapp
Tapp
Tapp
Seufz
In den Kurs hier …
… kommen nur sehr wenige. Der beste Kurs, um mal nicht zu schwänzen.
D802
Badumm
Badumm
Schon gut.
Sind ja noch …
… fünf Minuten …

Besser, ich reserviere den Platz.
Und hepp!
Um fünf nach eins ...
... beginnt die dritte Stunde.
Früher oder später ...
... wird Kanato ...
... sicher kommen.
Gestern hat er mich ja auch ein paar Fotos schießen lassen.
Heute wird er sicher ...
... um mich zu ärgern ...
... herkommen.
Tick

Ding
Dong
Dang
Dong
Ah!
Die Stunde …
… hat angefangen.
Ratter

Er ist nicht ge-kommen.
Oh.
Verstehe.
Der Schulverweis war ihm ja egal.
Dass er heute Morgen gekom-men ist, war wohl ein Wunder …
Hat er …
»Ich bin hergekommen, weil ich dein Gesicht sehen wollte.«
… das dann wirklich ernst gemeint?
Das …
… wäre ja wirklich …
… wunder-voll.
Aber was mache ich jetzt?
Vielleicht kommt er ab morgen nicht mehr.

Ratter
Ich will ihn doch unbedingt wiedersehen.

Schock
ビクッ
W...
Weiter geht's mit dem Unterricht!
Wend
ばっ
Wend
ばっ
Wend
ばっ
Wend
ばっ
W...
Wieso nur?
ガタ
Zuck

Entschul-dige bitte, Kanato.
Aber das war eine Lüge.
Ah …
Ich …
… muss ein Foto machen.
»Ab jetzt geht es nur, wenn sich unser Blick nicht trifft!«
Kanato.

Hierher.
Hierher.
Sieh doch hierher ...!

Ding …
Dong …
Rumpel
Ratter
Rumms
War das Kanato Ugo?!
Raun
Glaub schon?!
Raun
Tuschel
Warum war ich überhaupt so besorgt?
Ich wusste doch schon …
… was ich fotografie-ren sollte.
Keuch

Warte, Kanato!
Anhalt
Was?
Du hast doch dein Foto gemacht, oder nicht?
D...
Das hab ich, aber ...
Na, dann ist doch gut.
Tapp
Auch wenn ich ...
Ich will es sehen!
I...

Dreh dich ...
... bitte ...
... zu mir um!
Auch wenn ich dadurch sterben sollte ...
... war das mein sehnlichster Wunsch.

Der Ort, an dem ich schwänzen kann, ist weg.
Ich hab keinen Bock, zur Schule zu kommen ...
... oder im Unterricht aufzutauchen ...
Tapp
Tapp
Tapp
Aber ...
... solange du da bist, werd ich's ertragen.

Gefällt!
Anderes
_xx Krass, so einen Mitschüler zu haben.
Ist der echt?
Vielen Dank!!
Bin neidisch auf die Schüler der Miwa
Badumm
Oje.
Von einer …
… seelischen Wohltat ist das aber weit entfernt.
Badumm
Badumm
Doch Fakt ist …
… ich habe mich entschieden!
Glücklich siehst du aber nicht aus!
Aber du.
Ich werde nie wieder meinen Blick von ihm abwenden!

Ein Starr-Wettkampf ist entbrannt.
Starr
#IchliebeGesichter #kurzeUnterbrechung

Verliebt
in mehr als dein
Gesicht

#IchliebeGesichter #vol.3

Verliebt in mehr als dein Gesicht

Seit ich mich dazu entschlossen hatte ...

... wollte ich seinen Anblick wie ein Tattoo in meine Netzhaut einbrennen ...

... und ihn aus der Nähe betrachten, solange es noch ging.

Kannst du mich sehen?
Ah!
J…
Ja, bist gut zu sehen.
Für künftige Meetings finde ich Video-Calls wirklich gut.
Du tippst so langsam …
… wie 'ne Schnarchnase. Megalahm …
Du bist nicht sehr gut darin, mal was durch die Blume zu sagen.
Aber zwing dich nicht.
Spinks
ちら…
Wo telefoniert er denn da?
Seine Haare sind auch nicht gestylt.
Ganz anders als sonst.

Er ist so cool ...
Hm?
Zwischen einem schö-nen und ei-nem coolen Gesicht ...
... was ist da eigentlich der Unterschied?
Sag mal, du ...
Was hast du mit deinen Haa...
... da eigentlich an?
Das?
Das ist ein Onigiri-Shirt! Ist süß, nicht wahr?!

Wo hast du denn so was Komisches her?
Komisch?!!
Das ist meine Lieblings-Hausklamotte!
Seufz
Egal, lass uns lieber über das nächste Foto sprechen, das wir machen ...
Lächel
Die heutige Mission lautet ...
»Kanato in der Mittagspause«
Kanato!
Grins
ニッコ

Knips
Dass du Baguette mit Seelachsrogen magst ...
... gibt einem richtig das Gefühl, dass du wirklich ein echter Typ bist!
Hä?
Mampf Mampf Mampf
Lass mich das schnell hochladen!
Tipp
miwa_soh
Am liebsten mag er Seelachsrogen-Baguette
#AusderBäckerei #Mittagspause
#Bankim8.Stock
Bole
APPLE
Die Reaktionen auf den offiziellen Account der Miwa sind großartig.
Auf dem Weg hierher sprachen einige über dich!
Oh, wow! Gefällt direkt einigen! Was, 120?!
Der Hammer!
Auch innerhalb der Schule wird er immer bekannter.

Bin über-glücklich!!
Vielleicht sollten wir bald nicht nur Fotos, sondern auch Videos machen …
Dann können wir dich noch viel mehr Leuten zeigen!
Schlürf
Du lächelst auch immer, was?
Hm? Ist das so?
Klatsch
Ich hau dann auch mal rein.
Wenn das stimmt, dann nur, weil ich dich jeden Tag treffen kann!

Nur ein Spaß!
Hm ...
Schlürf
Wah!
Es ist ganz eindeutig.
Sein Interesse: 0
Schlürf
Schlürf
Auch wenn er ein belustigtes Gesicht macht, wenn er mich ärgert ...
... wirkt er darüber hinaus immer unbeteiligt.
Schweigen
Mampf

ぽ
Patt
ん
わしゃ
Wuschel
Wuschel
...
がじ
Kau

Iff fon okay.
Badumm
ドッキー
Ja?!
Was willst du?!
Ach nikff.
Ah! Soll das »Ach, nichts« heißen?!
Ha...
Hab ich mich erschreckt.
...
Das kam so plötzlich, da hat mein Herz 'nen Satz gemacht.

»Ich bin hergekommen, weil ich dein Gesicht sehen wollte.«
Kanato.
Was ...
... sind das bloß für Gefühle?!
Er ärgert mich doch, oder nicht?
Da kann ich mir ...
... doch ein bisschen was drauf einbilden, oder?

Ich denke, ich sollte den Schulleiter bitten, mich aus meinen Kursen auszutragen.
Was?
So plötzlich …? Was meinst du damit?
Meine Kurse sind voll öde … und ich lass ihn ja mein Gesicht benutzen.
Er kann dich doch aber noch von der Schule verweisen?!
Wenn wir es nicht gut machen, wird er doch sicher wütend?!
Außerdem ist das gar nicht lustig, wenn du verwiesen wirst!!
Auch wenn …
… es gerade echt gut läuft …
Genau.
Dann sicher nur, weil ich seine Managerin bin.
Brumm
12:47
Oje! Ich hab gleich Sport!
Ich muss schnell zum Sportplatz!
Ich schau von hier aus zu.
Hab in der Dritten frei.
B… Bitte nicht! Ich bin voll unsportlich …

Ich sollte ...
... nicht über so einen unnötigen Quatsch nachdenken.
Etwa da.
Kanato ...
... schaut vielleicht von da aus zu ...
Auch wenn ich ihn nicht sehen kann.
Hi hi. Dann streng dich mal an.
Tagträum!!!
Das geht nicht!!
Schock
Pfeif
Drei Runden um den Sportplatz!

Wenn ich von ...
Tapp
... diesen Augen ...
... beob-achtet werde ...
... werde ...
... ich ...
Gut, baut die Hürden auf.
... alles in meine Form und Geschwin-digkeit legen!!
Keuch
Keuch
Keuch
Keuch
Geht's der gut ...?
Mist ... Mir ist total schwindelig ...

Die Hürden.
Gefunden.
Pack
Hepp.
Viel schwerer, als ich dachte …
Taumel
Auffang

Oh
Ein Klassenkamerad ...
Sana?
Mann, du bist ja schrecklich blass.
Sorry und danke ...
Vielleicht, weil du diesen Kanato Ugo vom offiziellen Account triffst und zu wenig schläfst?
...
W...
Woher weißt du das?!
Wow!

Haste doch bei deiner Vorstellung selbst erzählt.
Das Gesicht, das ich liebe ... ... ist das von Kanato Ugo.
Damals fragte ich mich zwar, wer das sein soll ...
... aber inzwischen ist der offizielle Miwa-Account echt gut.
Das war so auffällig, dass ich's mir gemerkt hab.
Ah ...
Am ersten Schultag ...
So... Sogar ...
... jemand, der so wenig interessiert an Social Networks zu sein scheint ...!
Vielen Dank, dass du mir das gesagt hast.
Das macht mich froh. Schau auch weiter zu, ja?
Warum dankst du mir?
Aber, also ...

Sorry, könntest du mir sagen, wie du heißt ...?
An dieser Schule hat man ja nur einmal pro Woche Klassenrat, da kann ich mir das noch nicht merken.
Ah, verstehe. Außer deinem hab ich mir auch keinen merken können.
Ich heiße Doigaki.
Alles klar!
Doigaki, uuh ...
Kipp
Sana!
Kanatos Gesicht ...
... ist für mich wie eine starke Medizin.
Danke, dass du mir geholfen hast.
Kein Ding.

Ruh dich etwas aus, während ich den Lehrer hole.
Ja.
Gut, dann ...
Ratter
ガラッ
Hm?
Alles in Ord...

Ratter
Seufz
Hab gesehen, wie du umgekippt bist, daher ...
Oh
Ja.
Aber Doigaki hat mich hergebracht ...
Ä... Ähm?!
Tschüss!
Schon weg!!
Aber warst du nicht oben?
Warum hast du deinen Zopf aufgemacht?

Was?
Seid ihr Freunde?
Hä?
W... Wir sind Klassen- kamera- den ...
Na ja, auch egal.
Hilf mir beim Üben für ein Video.
Ein Video?
Aber heute habe ich doch schon ein Foto ...
... hoch- geladen ...

Werf
Uwah!
?!
Ssscht

Badumm
Äh …
Was …
… wird das?!
Pack
Badumm
Badumm
Sein Gesicht …
… anzusehen …
Badumm
Badumm

Ka…
Kanato.
Schock
Ähm.
Ka…
Kanato.
Von jetzt an besuche ich dieselben Kurse wie du.

Ich war eben beim Schulleiter.
Ich habe ihn dazu gebracht, zuzugeben, dass wir schon gute Ergebnisse erzielt haben.
Die Kurse, in denen ich schon Creditpoints bekommen hab, gingen zwar nicht ...
... aber alle anderen Kurse habe ich dafür jetzt mit dir.
Die Leute wollen also Videos sehen, ist das so?
Damit machen wir den Account noch spannender.
Ein ...

Ein Glück!
Du hast mir plötzlich Angst gemacht.
Ich dachte schon, ich hätte letztlich doch was ... falsch gemacht ...
Oh Mann, dein Gesicht ist einfach zu schön! Mein Herz pocht schon wie wild, mein Kopf wird schon wieder ganz ...
Wääääh! Wieso siehst du bloß so gut auuus?!
Wäää
Wäääh!

Kuschel

Sorry.
Badumm
ドキッ
Nachdem ich beim Direktor war ...
... hab ich dich vom Flur aus beobachtet ...
... gesehen, dass du irgendwie ganz wackelig warst ...
... und mit diesem Typen ...
Wühl
さら

Mach deine Haare …
… nicht mehr auf.
Sonst bemerken …
… Typen wie der noch, wie süß du bist.

Zack
Das
...
... hab ich dir gekauft.
Klonk
Ratter
Schock
War das dieser Kana-to aus den Gerüchten?!
Moment, war der die ganze Zeit hier drin?!
Sorry, mit dem Credit point-System gehen die meisten einfach, wenn sie müde sind. Deshalb kommt nie jemand her.
He...
Hey, alles in Ordnung?
Kannst du mich hören?
Das war nicht das gleiche Gesicht wie sonst, wenn er mich ärgert.
Sah nicht danach aus, als hätte er Spaß gemacht.
So etwas aus seinem Munde.

Er hat gesagt …
… ich sei süß …
So eine einfache und direkte Floskel.
Und die Kraft dahinter …
… war schon beeindruckend.

Was war das denn …
Gruuu-selig …
Sani-Raum
Badumm
ドキ
ドキ
Badumm
ドキ
Badumm
#IchliebeGesichter #kurzeUnterbrechung

Verliebt
in mehr als dein
Gesicht

Kanato
#IchliebeGesichter #vol.4

»Sonst bemerken …
… Typen wie der noch, wie süß du bist.«
Seitdem hört mein Herz …
… gar nicht mehr auf, wie wild zu schlagen.
Badumm どっくん
Badumm どっくん
Badumm どっくん
Badumm どっくん
Was?
Ob ich daran sterben werde?
どっくん どっくん
Badumm
Badumm

Stirbt man nicht auch, wenn man 100-mal hintereinander Schluckauf hat??
War Kanato etwa wirklich eifersüchtig?
»Typen wie der«?
Süß ...
Als Frau ist das doch ein Kompliment, oder?
Wenn das stimmt, dann könnte Kanato ...
... mich ...

Quatsch.
Meine Fantasie geht mit mir durch.
Ja … Am Ende wird eine …
… unregelmäßige Flexion …
»Von jetzt an besuche ich dieselben Kurse wie du.«
Da fällt mir ein, das hat er ja auch gesagt!!
Ay-yay yay
Hey!
Zeig mir mal das Textbuch.
Ha… Hast du echt dieselben Kurse genommen?!
Was hast du vor?

Wenn du da bist, macht es eben mehr Spaß.
Kanato könnte mich ...
ぽんっ
Patsch
Gehen wir es noch mal durch.
Hör doch mal auf!
Herz ...
どっくん どっくん
Badumm
Badumm

Kanato ist ein inoffizieller Influencer.
Er ist gesegnet mit einem megaschönen Gesicht.
Ich war einfach nur ein Fan von ihm, der sein Gesicht liebt.
Deshalb …
… ist mein Gefühl nur die logische Konsequenz.
Ja.
Genau.
Wenn man so ein Gesicht vor sich hat, ist das auch unvermeidbar.
Kannst du das übersetzen, Kanato?
Ne, versteh ich nicht.
Genau, ja, genau.
Ich mag einfach nur Kanatos Gesicht!

Es liegt am Gesicht!!
Raun
ざわ…
…
Ähm …
Kanato?
Haben wir zufällig heute alle Kurse zusammen?
Ja, so ist es.

Was sollen denn die Leute über mich denken?
Du meinst, weil du die Managerin bist?
Tapp Tapp Tapp
Kreisch
Was redest du da?!
Man darf doch nicht einfach sagen, dass man die Managerin ist.
Wie das für Geschäftskonten läuft, weiß ich nicht, aber hier bist du Hauptverantwortlicher.
Ich hab zwar das Management übernommen, aber ich will trotzdem nicht zu viel Gerede.
Redet immer schneller.
Wir wollen keine Hater haben.
Vor allem ...
... wenn rauskommt, dass ich die Fotos für diesen Account gemacht habe ...

... gibt's zweifellos einen riesigen Shitstorm!
Wenn erst mal das rauskommt ...
Drück
... und dann gibt's eine Kettenreaktion ...
Kuschel
... dann das auch ...
Zitter
Zitter
Zitter
Für Kanato wäre es gar nicht gut, wenn das passiert.
Das würde ich auch gar nicht wollen.
Soziale Netzwerke sind schon echt nervig.
Stimmt, echt nervig.
Also, sag das bitte niemals!
Es wäre sogar besser, wenn du sagst, dass das dein Personal oder so macht!
Na ja, ich hab eh niemanden, dem ich es erzählen könnte.
Also einen Freund oder so.

Stimmt ja ...!
Außer mit mir habe ich dich noch nie mit jemand anderem gesehen!
Du hast also wirklich keine Freunde!
Nein. Hab ich nicht.
Keine ...
Verstehe ...
Stimmt, stimmt, stimmt.
Er trifft sich ja auch nur mit mir ...
... weil ich die Managerin bin.

Und auch wenn ich häufig mit ihm rede ...
... ändert das noch nichts an unserer Beziehung.
Und was, wenn doch ...?
Übrigens ...
Soll denn in das Video so was rein wie im Sanitätszimmer?
Pyu
Knack

Das ist viel zu extrem!!
Meine Fantasien werden ja immer wilder!
Ach so?
Lärm
Ja, das ist es! Abgelehnt!
Ganz klar abgelehnt!
Ich fand's gut.
Nope!
Lärm
Im Ernst!
Warum sagt er …
… so etwas bloß …

Hm
Echt nicht?
Überrascht
Pack

Turbo...
Badumm
... zeich-nen?
Ein Porträt?
Ich liebe sein Gesicht.
Ich liebe sein Gesicht.
Ich liebe sein Gesicht.
Kritzel
Kritzel
Kritzel
Kritzel
Kritzel
Kritzel
Kritzel
Du bist da nicht so gut drin ...
Ähm ...
Du machst aber ein angewidertes Gesicht.
Schock
Und wie sieht es bei dir aus?
Ist das eine Person, die in die Hölle gestoßen wurde?
Habt ihr so was ...
... in Kunst gelernt?
Das sollst du sein.

Buwa
ha
ha
G...
Geht ja gar nicht!

Strampel
Knips
Das Video.
Wollen wir das nach dem Unterricht auf dem Dach machen?
Hm?
Ich möchte mit dir über etwas sprechen.

Überrascht
I…
Ist gut!
Das Dach ist doch super! Sehr jugendlich!
»Nach dem Unterricht auf dem Dach« …
Das ist wie »hinter der Turnhalle« …
… oder »hinter dem Schulgebäude« …
… ein Zauberwort.

Ähm.
Geht man da ...
Schwitz ダラ
Schwitz ダラ
... auch einfach so hin?
Ob da vielleicht ...
... irgendwas ...
... passieren wird?
Er meinte ja, ich sei süß.
Ob ich vielleicht mein Haar aufmache ...
Aha ha アハハ…
Erschreck ビクッ
Zitter バク
Zitter バク
Zitter バク
Zitter バク
Zitter バク
Stille シーン…

Ich inter-
pretiere da
viel zu viel
rein ...!
Wir ma-
chen wie
immer ein
Shooting
...
...
reden ein
bisschen und
dann ist
es vorbei
...
Katscha
Vielleicht
...
Eventuell
...
Quietsch

Badumm
Badumm
Badumm
Badumm
...
Warum bleibst du wie angewurzelt stehen?
Ah?! J... Ja!
Sorry!!
Zöger
Zöger
Wollen wir nicht das Video machen?
Zuck
J... J... Ja, stimmt!

Wie wollen wir es machen?
Ähm ...
Um eine Story hochzuladen, reichen ein paar Sekunden!
Wenn wir plötzlich zu explizit werden, kriegen noch alle einen Herzinfarkt.
Soll ich nur stehen?
Wie wäre es statt der »zurückblickenden Schönheit« mal mit einem »zurückblickenden Schönling«?
Verstehe.
Ja, das reicht schon so, aber ...
Ah, wie du dich eben umgesehen hast, war großartig, Kanato!
Also, dann nehm ich auf!
Hm
Er ist überhaupt nicht ...
... wie sonst.

Er ist noch unnahbarer.
Aber trotzdem ist es eine schöne Inszenierung.
Gut.
Hab's aufgenommen.
Ist einfach …
… vorbei …
…
Hm?
Improvisiert er?

Ah
Kanato.
Tapp
Tapp
Tapp
Das reicht. Wenn du jetzt auf mich zu-kommst, wird der Fokus ...
Pack
Ksssshn
Badumm

Nachdem du heute …
… einen ganzen Tag mit mir zusammen warst …
… was denkst du da?
Badumm
V…
Vielleicht …
Badumm
Badumm
… doch …?!
Badumm
Badumm
F… Fragst du mich?
Außer dir ist doch niemand da.
War schon cool …
Mein Gesicht, hm?
Das weiß ich doch schon.
Starr
Und darüber hinaus?!
Ähm …
Ääähhhhmmmm …

M...
Mein Herz schlägt so wild, da kann ich mich nicht erinnern ...
Gschn
Überrascht
?!
...

Als du gesehen hast, dass ich die Fragen, für die ich plötzlich aufgerufen wurde, nicht lösen konnte ...
... dass ich keine Freunde habe ...
... und dass es nichts gibt, worin ich besonders gut bin ...
... was hast du da gedacht?

Als er so ...
... ganz allein dastand ...
... auf dem weiten Dach ...
... war er trotz seiner Größe ...
... ganz klein.
Es tut mir leid ...
... Kanato.

Aber ...
... du bist echt süß.
Patt ぽん
ぽん Patt

Was soll das?
Ist das die Rache für neulich?
Was?!
Nein, gar nicht!
Die Worte kommen aus tiefstem Herzen!
So langsam habe ich dich eben lieb gewonnen!
Hm
Wenn er ein Gesicht macht, als wäre nichts gewesen ...
... er aber einsam ist und ...
... unsicher.
Deshalb sage ich das.

Diesen Kanato ...
... liebe ich.

Sanas Werk
Weil man die Creditpoints für den Kunstunterricht ein- fach für die Teilnahme bekommt, ist es in Ordnung, wenn man nicht zeichnen kann.
Kanatos Werk
#IchliebeGesichter #kurzeUnterbrechung

Verliebt in mehr als dein Gesicht

#IchliebeGesichter #vol.5

Klingeling
Klingeling
Uuu...
Uhu-uu ...
Brumm
Brumm
Alarm! Obwohl Sonntag ist. Vergessen auszumachen. Verzeih ich mir nie.
Ich leg mich wieder hin ...
12:35
Heute
Vor 15 Minuten
LINE
♡Kanato♡: Bin am Bahnhof.
Vor 6 Minuten
LINE
♡Kanato♡: Zeit
Vor 1 Minute
LINE
Kanato♡: ?
Swusch
Badumm
Was zur ...?!
Badumm
Badumm
Ich bekam ganz unerwartet ...

... Kanatos breites Lächeln zu Gesicht und dach-te ...
... »Ich liebe ihn ♡«.
Und das ...
I... Ich will ihn sehen.
Aber ...
... fühlte ich in letzter Zeit recht unmiss-verständlich.
Ich denke immer nur an Kanato (das war aber schon immer so).
Wenn ich wach bin, kommt mir immer sein Ge-sicht in den Sinn (schon immer).
Dann versuche ich durch Schlaf vor der Realität zu fliehen (ich schlafe schon immer viel).
Trotzdem ...
Ich glaube nicht, dass ich bei einem Treffen normal mit ihm reden kann.
Aber ...
Ich will es sehen: Kanatos Freizeit!!!
Und wegen diesem inneren Bedürfnis kam ich dann doch her.

Und weil ich in Höchstge-schwindigkeit hergeeilt bin, schwitze ich total.
Dachte, ich muss schnell hin, bevor ...
... Kanato wieder geht.
はぁ Keuch
はぁ Keuch
Hab Duuurst!
Sofort! Duuurst!
ぱた Wedel
ぱた Wedel
Bis Kanato da ist, muss ich irgend-wie .... Aber Duuurst!
Gefunden.

Iiiich …
… liiiebe …
… ihn, aber??

Hä? Sekunde, Sekunde, Sekunde.
War ich nicht bloß vom Lüpfen der Cap ...
... derart geblendet?
Wisch
Du triefst ja vor Schweiß.
Schubs
D...
Du machst es doch dreckig?!
Was machst du denn?!
Als ob das so schmutzig wäre.

Genau deshalb.
Wenn er so tut, als sei so etwas ganz normal, und ...
... dann auch noch mehrfach ...
... ist das doch unfair.
Dem ...
... kann ich gar nicht entkommen.
Und ...
I... Ist das jetzt eine Vorbesprechung?
Wir haben nämlich noch gar nicht beschlossen, was wir als Nächstes aufnehmen ...
へな
Erschöpft
...
Ja ...

Eine Art Vorabbesichtigung.
Ach so, hier ...
Ah, also eine Art Besichtigung!
Na, wenn man bedenkt, dass das hier der nächstgelegene Bahnhof zur Schule ist, zählt das noch als Werbung?
Auch wenn es noch 40 Minuten Fußweg sind.
...
Besichtigung ...
Macht Kanato das absichtlich an einem schulfreien Tag?
Was ... soll bloß dieser auffallende Tatendrang in letzter Zeit?
Auch, dass er meinte ...
... es sei gut, ein Video zu machen.
Auch egal!
Er wird schon nichts Böses im Sinn haben.
Zück
スチャッ
Mal sehen, ob wir das für ein Foto nutzen könn...
Ah

Heute ist Fotografieren verboten.
Schnapp
Aber das ist doch eine Vorabbesichtigung?!
Ähm ...
Was?!
Eben eine BESICHTigung.
Sonst ignorierst du mich immer und nimmst nur auf.
Das hier ist beschlagnahmt.
Oje!

Auch wenn es quasi Sinn meines Lebens ist ...
... süße Posen wie diese aufzunehmen ...
...
?
Zusch
...
...

Hm ...?
Hat er mir meinen Vorwand, Fotos zu machen, genommen?
Was ...?
Schwitz
Schwitz
Schwitz
Schwitz
So überrumpelt kommt mir nichts in den Sinn, worüber man reden könnte.
Aber warum bin ich dann hier?
Ich freue mich zwar, Zeit mit Kanato zu verbringen ...
... aber trotz der Freude ...
... kann ich es irgendwie nicht genießen.
Magst du diese Klamotten?
Schock
Was?!
Ah, nein, ich hab nur so vor mich hin geschaut!
Hm
Gibt es denn eine Marke, die du gern magst?
Eine Marke?
Na ja, ich sehe mir vieles gern an, lege aber nicht so einen Wert darauf, was ich trage.

Ah
Verstehe.
Abwend
Abwend
Vorbei.
Oh Mann, hab den Moment verpasst, »Und du?« zu fragen!
Die nächste Chance verpasse ich nicht!
Wollen wir einen Film sehen?
Gibt's einen, den du magst?
CINEMA
Und du?!
Schrei
Ich hab dich doch gefragt.
Was willst du trinken?
Cola!
Ist Ihnen Größe L recht?
Hi hi
Ja!!
Was?!

Was ...?
Schlürf
Was nimmt ...
... das denn für 'ne Wendung ...?
Wieso sehe ich mir mit Kanato einen Film an ...?
Darf ich dich küssen ...?
Und dann hab ich versehentlich noch einen Liebesfilm ausgesucht.
Weil der Typ darin so gut aussah.
Was mach ich bloß? Den Inhalt kann ich jetzt nicht mehr ändern ...
... aber wenn ich dran denke, dass dabei Kanato neben mir sitzt ...
... wird es mir mehr als bewusst.
Auftauch
Gefällt dir das?

Was soll das denn heißen?!
Wsssh
Erkenntnis
Aufspring
Zusch
Entschuldigungsgeste beim Vorbeihuschen
Leise Flucht
Ssst
Attacke

Beim Höhepunkt den Sitzplatz zu verlassen ...
Was für ein Verbrechen!
Cola in Größe L ist echt tödlich ...
Der Film ...
... ist jetzt sicher auch vorbei ...
Auch wenn ich die »Besichtigung« ...
... voll verbockt hab, will ich, dass Kanato Spaß hat.
Doch das ...
... fühle ich nicht als »Managerin«.
Mir fällt nichts ein ...
... worüber ich reden oder was ich machen will.
Mit diesem Selbst ...

... macht es doch keinen Sinn, neben Kanato zu stehen ...
... und Blicke auszutauschen ...
... irgendwie ...
Das fällt mir wohl etwas spät auf ...
Ist der Typ nicht echt cool?
Ähm.
Er wird von denen voll angemacht ...
... und er ignoriert sie einfach.
Panik
W... Was mach ich jetzt? Einfach dazwischengehen?

Na ja, ich bin ja ... nicht ... seine Freundin ... oder so ...
So ...
... ist das ja ...
... nun wirklich nicht ...

IS LIFE
Die Pose, mit der du rausgerannt bist, war ja mal was.
Wäre fast an meinem unterdrückten Lachen gestorben.
Gehen wir.

Trotz-
dem
...
Warum
...
Badumm
Badumm
Warum
...
Badumm
Badumm
Kneif

K... Kanato!
Fotos!
Lass mich welche machen!
Nicht als Arbeit ...
... sondern weil ich möchte.
Bis jetzt gab es so viele Momente, in denen ich gerne eins von dir gemacht hätte ...
... und die ich alle hätte behalten wollen.
Wenn man etwas in sein Herz schließt ...
... betrachtet man alles aus einem ganz anderen Blickwinkel.
Auch jetzt ... bist du wieder ganz anders als da, wo du zuvor meine Hand nahmst.

Deshalb …
… lass mich bitte Fotos ma-chen …
…
Ssst
スッ
…
Willst du wirklich?

Ja!!
Egal, ob wir nun Blicke tauschen oder nicht.
So oder so bin ich glücklich.
Ich ...
Ich will ...
... einfach nur bei diesem Typen sein ...
... den ich so gern hab.
Prrr
Prrr
Mit so vielen Kanatos darf ich doch glücklich sein ...

Freut mich.
Kicher
Ja! Das ist spitze!
はた…
Hm?
Was?
Schock
Dabei meintest du doch was von »Besichtigung«!
Hatte etwa nur ich Spaß?!
Schon.
Hast ja recht. Das hab ich gesagt.
Ja.
Ganz genau.
Jaaa, also dann …
…
…
Hä?!
Schock
Hmpf
Nein! Dann darf ich mich nicht freuen!
Was ist denn heute los?

Nur weil du Fotos gemacht hast ...
... bin ich nicht von der Schule geflogen.
Mal abgesehen von meinem Gesicht ...
... wollte ich gerne wissen, was du noch so magst ... als Dankeschön.
Doch ich hab immer noch nicht raus-gekriegt, was du magst.
Aber wenn du Spaß hattest, ist ja gut.
Badumm
ドキ
Kanato ist ... wegen mir?
E...
Es gibt ...

Nun also, so …
… haben sich die Worte …
… zusammengefügt.
… außer dir …
… eben nichts.
Für mich …
… bist du das Größte.

Hey …
Lass es nicht ein-fach zu.
Überrascht
Nein.

Lass es nicht so einfach zu.
Lass es nicht nur passieren, egal wie sehr du mein Gesicht magst.
Angenommen, ich liebe dich …
… dann wäre das doch keine richtige Belohnung, wenn du es nicht auch von Herzen möchtest.

Nur mal angenommen ...
... ja?
... nannte er es zwar eine Besichtigung ...
... aber es war eine Verabredung für mich ...
Heute ...
... und obwohl Kanato mich eingeladen hatte, konnte ich irgendwie nicht.

Trotz-
dem
…
Jetzt
gerade
…
…
sieht er
nur mich
direkt an.
Es war ein
traumhafter
Anblick.
Kanato!
Er ist der Beste
So cool!!!
Werden die Fotos
vom Community Mana-
ger gemacht?
Das mag
bitter
klingen.
Tipp
Beiträge
Minowa-Schule

Verliebt in mehr als dein Gesicht 1 / Ende

»Bin«
»am«
»Bahn-«
»-hof«
Tipp
Tipp
#IchliebeGesichter #kurzeUnterbrechung

Special Thanks

Der zuständigen Redakteurin	Sayoko Okura
Zeichenassistentinnen	A~ya Chihiro Matsumoto Tora Kamemizu
Text	Kenju Noro

Der Magazinredaktion, allen, die in Publikation, Verkauf und Werbung involviert waren, all meinen Freunden, die mich unterstützt haben, meiner Familie und allen, mit denen ich am Telefon zusammengearbeitet habe.

Und natürlich allen, die bis hierher gelesen haben! Ich hoffe, wir sehen uns in Band 2 wieder!

Sendet eure Eindrücke gerne an ▼▼

Briefe

Altraverse GmbH
»Karin Anzai«
Phoenixhalle I
Ruhrstraße 11a
22761 Hamburg

Social Media

Twitter

@anzaikarin_info

Gibt es auf Insta eigentlich die offizielle Seite der Miwa ...??

#IchliebeGesichter #extra
Offizieller Account der Minowa-Schule
ID: miwa_soh
PASS: XXXXXX
App runterladen
Log-in
Unten auf das + Icon ti
Wenn man diesen Anweisungen folgt, kann man wohl einen Beitrag erstellen.
Direktor
Versuch es doch mal, wenn du zu Hause bist.
…
Der ist ja megacool! Wer ist dieser Schönling?!
Wer
bist du
Schweigen
Wurde es nicht gesendet?
…
Bin in der 10. Klasse! Drücke dem Community Manager …
…
Ah
das hier?
Danach hör ich auf.
Ähm … Andere Menschen können das hier nicht sehen.
!
Soll ich dir die Funktionsweise erklären, falls du dich damit noch nicht auskennst?
Ja.
Verstehe!
Piing

Plopp
Das ist der Begriff für eine
Bildschirms, die ich schicke
eine Seite mit einer Erklärung d
sehr leicht zu verstehen ist!
Ich habe hier
Funktionen, die
Ich denke, es ist am besten, wer
du nicht gut verstehst, einfach h
Da du recht lange zum Tippen d
gebraucht hast, gehe ich davon
nicht allzu vertraut mit der Har
Smartphones bist. Daher versu
schnell, sondern alles ganz in R
du Begriffe, die
r nachschlägst.
Zeichen
us, dass du
habung eines
he ich nicht zu
he zu erklären!
Ah.
Ist die Uhrzeit für dich noch in Ordnung? Ich war
eben schon baden und bin da
für die Nacht und muss nicht
vorbereiten. Wenn du aber n
hast, mach das ruhig erst in R
zu beschäftigt bist, kann ich
anders erklären.
er schon fertig
mehr für morgen
ch etwas zu tun
Zu lang ...
Tipp
sana_L_face
185 Beiträge
122 Abonnenten
941 Abonnie
Plopp
?!
Dieser Account ist privat
Sana ... L ... face ...
Wer ist das wohl ...
#extra / Ende

Verliebt in mehr als dein Gesicht

Romance 13+

Lies mich noch, bevor du stirbst

sora

Fans von sora aufgepasst! In dieser Kurzgeschichtensammlung findet ihr fünf spannende Storys aus der Feder eurer Lieblingsautorin! Wie immer erzählt sora melancholisch-herzzerreißend von Außenseitern, dem Erwachsenwerden und der Liebe. Als Special gibt es ein *Lieb mich noch, bevor du stirbst*-Kapitel. Taucht ein in soras Universum!

Du erwachst im Frühling

Asato Shima

In der Grundschule wurde Ito immer von dem sieben Jahre älteren Nachbarsjungen Chiharu beschützt. Der leidet allerdings an einer schweren Krankheit und wird in einen Kälteschlaf versetzt, bis es eine Chance auf Heilung gibt. Als er nach sieben Jahren erwacht, ist aus dem »großen Bruder« ein Gleichaltriger geworden und Ito entdeckt ganz neue Gefühle für ihn …

altraverse

Deutsche Ausgabe / German Edition
Altraverse GmbH – Hamburg 2022
Aus dem Japanischen von Larissa Freundt

Redaktion: Gwyneth Minte
Herstellung: Madlyn Weyhe
Lettering: Vibrant Publishing Studio

Druck: CPI books GmbH, Leck
Printed in Germany

MIX
Papier
FSC® C083411

ISBN 978-3-7539-0347-7
2. Auflage 2022

www.altraverse.de